中国诗人

雅俐瑛
— 著 —

DA●
大
GE●
歌

春风文艺出版社
·沈 阳·

图书在版编目（CIP）数据

大歌／雅俐瑛著．—沈阳：春风文艺出版社，
2024.4

（中国诗人）

ISBN 978-7-5313-6651-5

Ⅰ.①大… Ⅱ.①雅… Ⅲ.①诗集—中国—当代 Ⅳ.①I227

中国国家版本馆CIP数据核字（2024）第038032号

春风文艺出版社出版发行
沈阳市和平区十一纬路25号　邮编：110003
辽宁新华印务有限公司印刷

责任编辑：韩　喆	责任校对：赵丹彤
装帧设计：Amber Design琥珀视觉	幅面尺寸：125mm × 195mm
印　　张：6.75	字　　数：113千字
版　　次：2024年4月第1版	印　　次：2024年4月第1次
书　　号：ISBN 978-7-5313-6651-5	定　　价：42.00元

版权专有　侵权必究　举报电话：024-23284391
如有质量问题，请拨打电话：024-23284384

目 录
CONTENTS

第一章 大大的歌

我是黄土地的儿子	/ 3
娘的心	/ 5
团	/ 6
播 种	/ 8
致 敬	/ 9
信 天 游	/ 10
为人民服务	/ 11
改 变	/ 13
追 随	/ 14
灯 塔	/ 15
天下之大	/ 17
七 年	/ 18
江 山 词	/ 19
钢 铁	/ 20

目　录
CONTENTS

第二章　四季歌

匆　匆	/23
夏　至	/24
冬去春来	/25
春　盼	/26
思	/27
夏　夜	/28
霜　降	/31
深　秋	/32
寒	/33
随　想	/35
更　迭	/37
收　获	/38
贴秋膘	/39
那　夜	/41

目　录
CONTENTS

愿	/ 42
北平的秋	/ 43
立　冬	/ 44
三　年	/ 45
新　年	/ 46
等　春	/ 48
自　渡	/ 50
立　秋	/ 51
秋　别	/ 54
春　别	/ 55

第三章　小小的歌

等　待	/ 59
雨　后	/ 61
你	/ 62
夜	/ 63

目 录
CONTENTS

思	/65
别	/66
夜	/67
寻	/68
追 忆	/69
孤 独	/71
颠 倒	/72
空	/73
悟	/74
熬	/75
失 眠	/77
我 们	/79
空	/80
回 乡	/81
向 暖	/82
达	/83

目　录
CONTENTS

夜　思　　　　　　　　　　　　　　/ 84
守　望　　　　　　　　　　　　　　/ 85
后　来　　　　　　　　　　　　　　/ 86
我是一片云　　　　　　　　　　　　/ 90
我是一片海　　　　　　　　　　　　/ 95
想你的三百六十五天　　　　　　　　/ 99
初　雪　　　　　　　　　　　　　　/ 105
左　右　　　　　　　　　　　　　　/ 108
贺友迁新居　　　　　　　　　　　　/ 112
初　见　　　　　　　　　　　　　　/ 113
远　行　　　　　　　　　　　　　　/ 114

第四章　组诗

父　亲　　　　　　　　　　　　　　/ 117
母　亲（其一）　　　　　　　　　　/ 122
母　亲（其二）　　　　　　　　　　/ 126

目 录
CONTENTS

春　来	/ 132
立　夏	/ 137
感　恩	/ 142
心　动	/ 148
端　午	/ 153
秋　分	/ 160
自　己	/ 167

第五章　我们的歌

送　别	/ 175
来	/ 177
夜	/ 179
望	/ 181
你	/ 182
当　归	/ 183
爱	/ 185

目录
CONTENTS

小　祝	/ 186
河　鱼	/ 187
浪　花	/ 188
追	/ 189
一束光	/ 191
乡　愁	/ 193
那一天	/ 196
旅　行	/ 198
思	/ 199
唤　归	/ 200
回　忆	/ 201
年	/ 202
中国梦	/ 203

第一章

大大的歌

我是黄土地的儿子

在田间地头，在炕头

你说

你是黄土地的儿子

在巷尾街头，在心头

我说

你是伟大的领袖

你掰碎黄土灌入清泉

你播撒种子带来丰收

高天上的流云不舍昼夜

是你陪它们点灯熬油

黄土地的山川生生不息

是你为它们东奔西走

你是领路人

好日子从无到有

你是主心骨

新时代一枝独秀

你说

你是黄土地的儿子

困难面前不低头

我说

你是有血有肉的汉子

壮志未酬誓不休

你扛起了黄土地的脊梁

与天下炎黄风雨同舟

娘的心

我在闭塞而荒凉的土地上穿针引线

缝的是娘的河

我在昏暗又阴冷的窑洞里瑟瑟发抖

假装在娘的心窝

黄土满山遍岭时

你说开花才会结果

到处绿水青山时

我唱起你唱过的歌

太阳月亮是金梭银梭

要靠勤劳的双手编织幸福生活

我在最苦的地方苦心志

只为百姓的理想国

娘用最甜的心甜儿心

露往霜来梅又落

娘的心

教我白日莫闲过

青春勿蹉跎

团

跳蚤吃了腿腕子

挽裤圪蹴上凳子

拉个话

玉米换成糠团子

端来一盆腌柿子

大口嚼

买了猪肉包饺子

瘦肉切成薄片子

蘸酱油

肩膀挑着重担子

干活儿不使花架子

好后生

真诚打开话匣子

往后会有好日子

下了泪

干活儿绝不钻空子

开会从不绕弯子

局劲儿

铆劲儿揉成一团子

必定挺直腰杆子

还哈了

昂首走出大步子

幸福老少几辈子

这后生

中!

播 种

你的眼睛

是锁住了阳光的琥珀

时而皑如山上雪

时似皎月悬寒空

无数个夜晚

点亮了繁星

繁星照耀理想

拉着春风奏鸣

春风因吹过你的脸而得意

理想因你的凝视而有了形

我看见繁星

在这个世界

一闪闪

亮晶晶

致 敬

你把孤独研碎

撒向漫天黄沙

暗夜的最深处

闪耀着你炽热的芳华

它们积蓄

在时代的洪流中迸发

它们奔腾

惊起大浪淘沙

身怀经纬

对天地光阴追问

奋于阡陌

在每个人心里种出灿烂的花

信 天 游

一道道沟一座座岭

大河滔滔小河流

五谷丰登齐晒日

天增岁月人增寿

延河的篝火燃烧

人们的日子沸腾

一步步路一盏盏灯

山山岭岭乐悠悠

像黄牛一样劳动

用青春浇筑使命

像土地一样奉献

把热血洒向荒芜

信仰的种子

在黄土地上发芽

降甘霖哟

幸福的花果

在堤坝上盛开

献领袖哟

传万家

为人民服务

一道道沟一座座岭

筑起了淤地坝

一棵棵树一根根草

感动了流沙

一只只羊一排排雁

找到了归宿

一张张脸一双双手

迎来了灯花

是你

我们才有了这样幸福的家

白天一起劳动

战天斗地

晚上一起开会

热火朝天

好似骑战一敌万

高坡漠漠开飞花

是你让我们

扎了坚定的根萌了希望的芽

精诚所至
是你的锲而不舍
金石为开
让我们意气风发
百炼之钢
青丝留白
为人民服务
福至千万家

改 变

一袭素衣叹风起

二里无人各自归

三更灯火书绩麻

四处采桑学种瓜

五斗闲田出金米

六瓣香麦赛雪花

七尺男儿披锦绣

八方来朝把面发

九曲黄河心花放

十年树木筑新家

桃灼灼

柳依依

千峰凝翠

万峦吐霞

村村

新气象

处处

好春光

追 随

汗水和心血洒在大地上

喷涌出金色麦浪

陇首掩不住麦香

陇水腾出细浪

我跳出小小的悲欢

找寻金子般的魂

敢为天下先

日新月异

勇立潮头时

独倚斜阳

我把你藏进麦浪

以此地久天长

灯 塔

那时的孤独

巨大而荒凉

那时的肩膀

稚嫩却硬朗

那时的梦想

新鲜也沉重

吃糠咽菜不怕

无依无靠不怕

下地的种子

自存自发

挖土的铁锹

自炼自打

我们在苦难中向前

团结在苦难中开花

如今不再苦难

我们一如既往团结向前

而我对你

虔诚而执着，至信而深厚

是你

真正让理想信念成为我心中的灯塔

让我看到了远处的风景

也体味到了近处的人生

天下之大

解衣推食,与我同袍。

天下之大,奔走相告。

风刀霜剑,与我同路。

天下之大,山水迢迢。

酸甜苦辣,与我同尝。

天下之大,勤奋耐劳。

春夏秋冬,与我同度。

天下之大,草木不凋。

平易近民,与我同心。

天下之大,红旗飘扬!

七 年

冬雪压枝催木叶,七年征战忆咸阳。
春花少,夏夜长,秋风送清凉。
梦里惊鸿飞杳杳,醒来忽见离殇。
民淳朴,歌飞扬,信天游里裹秦腔。
我劝朝夕勿匆忙,朝夕笑我痴狂。
咽苦菜,吃糟糠,汗滴充饥肠。
日来磨砺至田家,夜与星辰两相望。
你打铁,她缝裳,沼气酿饭香。
寒来暑往如一日,天地为之久低昂。
山抹绿,风穿杨,燕笑留何妨。
淤地化作金沙滩,银河倒挂粮满仓。
问家何处住,我心安处即故乡。

江 山 词

号角兴,号子鸣,树动红旗展,大道着华英,千株橘树剖新酒,万顷莲塘抚太平。

娇云绘蓝图,好雨唤繁星,银汉迢迢帆帆舞,群芳蕊蕊户户宁,天地同寿四方动,日月同光金满籯。

钢　铁

铁骨铮铮一把剑
敢做敢当晓破天
挥手翻云列锦绣
落地覆雨战荒滩
勤耕不辍眼如月
金穗腾浪映雄关
读破万卷付渭水
行尽千山始长安

第二章

四季歌

匆 匆

匆匆一瞥

已是春秋

寥寥几笔

便是余生

思念又熬到午夜

我在寂静中将你的名字呼喊

我踏着思念寻你

终日没有色彩

时空错乱

只见非黑即白

新燕啄泥

才知冬去春来

夏 至

半夏余生

夏至你也至

取次花丛

却懒回顾

你轻轻一跃

便定在了我的心上

你宽阔又温暖

你壮丽又美好

你是星星

唤醒清晨的第一缕光

你是英雄

照耀我日暮的归途

暗香涌动

锁不住穿云大梦

心乱如麻

独荷月中小锄

冬去春来

一见你，便觉冬已尽

再见你，方知春已来

我看了又看

是你美了光阴

我念了又念

是你乱了心怀

最是你俊朗又鲜明

也是你生动又可爱

今夜

吹过你枕边的清风

是我成堆的告白

今夜

冰桃和雪藕作陪

邀了翠袖金钗

也无歌怨也无泪

一碗清茶筑高柴

春　盼

暗黑的夜里

安静的角落

孤灯紧闭

只有窗外的霓虹闪烁

春花又见春花

醉了春光

绿了柳芽

从未如此期盼这个春天

等一场春雨

滋润残破不堪的裂痕

等一阵春风

温暖苦寒许久的心窝

好像春天到了

你便来了

等你来了

日子就又可爱了

思

一树繁花

裹尽了人间春色

那里藏着我的人间

还有你的春色

狂风骤雨

春色四落

伞上

流淌着人间

伞下

是你的山河

身无寸心

空留尺素

横也是思

竖也是思

夏 夜

月亮是黑色的
星星是黑色的
黑色的幕布里
空气也是黑色的

傍晚
星星挤进了人间
车水马龙的尽头
塞满了万家灯火
远处的朦胧
像极了故乡升起的炊烟
家家户户
日子平淡又热烈
有人想今晚去哪里麻将
有人想明天怎么过活
但至少眼前这顿饭
铺垫着饭后的笑谈
明亮的夜空

挂满星星

我躺在草席上不眨眼

它们在天空中干瞪眼

我们就这样

遥遥相望

草席的旁边

艾草畅燃驱蚊

我常问

星星会不会闻见它的味道

大人们总说

星星可爱

烟不熏可爱之人

于是

我的每一个夏天

呛也不说呛

熏也不觉熏

而现在

只有夏天

没了艾草

甚至蚊子也少见

只剩书里的黄金万两

有时也做梦

金子们，都来熏我吧

眼见着一朵朵烛光涂上了黑夜的颜色

我也只好熄灯关窗

秋天来了

失眠的蛐蛐儿在夜晚狂叫

没了夏蝉的合奏

纷纷孤独着挤进人们的梦乡

而做梦的人

明天还要去赶路

走进下一个梦乡

哪一天

从梦里出不来了

就又多了一颗星星

它在遥远的天边挤进人间

待暮色中炊烟升起

等着与地上的双眼两相望

霜　降

霜露既降

木叶半脱

秋风醉在长亭

行歌相答

碎步伶仃

沾染了一身秋

无去来处

动静等观

还是

春夏秋冬

深 秋

在深秋的某个角落

点燃一支烟

甚至不需要一把长椅

就那样窝在一堆枯萎的叶子上

仿佛是埋葬自己的坟墓

还在不停落下的树叶

像一捧捧埋人的黄土

青烟直上

不服冬的枝丫挂着几个眷恋秋的松塔

秋风摇不动她

秋雨打不落她

等着冬雪覆盖她

逗逗冬月的雪花

寒

花开花谢

来去有时

落了一地辗转的秋

攒了一夜寂静的冬

匆匆忙忙

我们终日奔跑

来不及驻足欣赏

只能边跑边看岁月的回放

不到最后一刻不能停的脚步们

此刻被封印在窗边

看窗外一棵棵树

能经风吹雨打

也能赏雪月风花

虚虚实实真真假假

雪花是秋的祭奠

也是冬的繁华

此情此景

我想吟诗一首

啊，大雪纷纷下，来盘烤肉吧

于是

我擦着了一根火柴

随 想

世上有千万种花

她们依随季节

依随土壤

依随日月

依随你我他

而玫瑰无原则

心动至上

皱巴巴的生活里

有时需要熨烫一下

看看人生海海

望望山山而川

是我们看错了世界

却反说是世界欺骗了我们

衔住一枝玫瑰

沿着星河轨迹

看看哪里温柔的日落

望望那里浪漫的人间

一隅的玫瑰

便装下了一世

用平湖照月夜

拿残荷藏西东

念去去

一曲高歌一樽酒

一人独钓一江秋

更 迭

雪被时间追着跑

掩春装

作夏雨

又磨成秋叶的削骨刀

本自白者

下自成蹊

多情山鸟何须啼

香染流年

人间浪漫

独立苍茫醉而归

每一个平分里

都有偏爱在暗度陈仓

哪里有昼夜

不过是太阳愿意明修栈道

后来

大多数秉红烛夜游

都变成了凭夜空想象

收　获

儿时的麦田

麦苗绿油油随风起舞

偶尔风吹歪了它们的腰身

偶尔它们又掐住了风的脖子

每到夏末秋初

麦田都会用丰收回报我的每次驻足

这丰收

蒸干了镰刀下的汗水

抚慰了喘粗气的马驹

多年以后

没了麦田

我却读懂了麦苗在阴云下的抗争与自由

现在

只有心田

春天里一蓑一笠一扁舟

夏日里一丈丝纶一寸钩

贴 秋 膘

今天的饭

是秋天的颜色

回想上一次秋意

也是一样浓

这是大自然对人类的馈赠

而人世间总有馈赠你的人

也有被你馈赠的人

秋天

花谢了

云裂了

悲伤是小调

不知道造物主为什么要让收获也在秋天

和悲伤一点也不配

叶儿们排队等着试新衣

如果人是叶儿就好了

离人心上秋意浓

一杯情绪酒万盅

聚散半点不由

秋膘在身

心寒不用太愁

那　夜

秋日私语
总有几分恬淡夹杂着不安
遥看丝丝罥烟柳
坐听细细打窗篷
人间枝头
各自乘流
那夜十分好月
却不照人圆
那夜拨雪寻春
只能烧灯续昼
那夜桐间露落
只有柳下风来
那夜江枫对月
只剩渔火难眠

愿

秋云有言

天高即秋

悠悠古刹千年钟

皆是痴人说梦

秋风有信

叶落知秋

朱颜辞镜花辞树

人间哪得久留

天官狂醉

乱把纤凝揉碎

世人难醒

总爱霜飓娉婷

今时好日可无喜

唯愿他日总无忧

北平的秋

秋天的北京是北平
北平的落叶惊了秋
枝头上的小小叶
让人与冷风和解
枝叶下的弯弯路
伴着落日温温柔柔
落叶飘飘何所似
不过天地一沙鸥
为言地尽天还尽
行至北平意可平

立 冬

天地总是无私

阴阳一直无偏

是月亮自己在水里泡到发白也不肯起

是孤独非要在黑夜里装成睡莲又不停啼

直到有一天

秋发现落叶上写满了春的谎言

于是

地始冻

水始冰

风始寒

立冬

看天高地迥

觉宇宙无穷

待兴尽悲来

识盈虚之有数

其实四时皆同

人增岁月

而已

三 年

黑夜过来添杯

月光便来劝酒

霓虹陪我喝到大醉

只为忘记

荼蘼三生的赌注

我该如何忘记

你已是我重生的通行证

我该如何忘记

你已是我轮回的墓志铭

霓虹拨了拨我掌心的曲线

岁月的沟壑装满了你的春秋

我依然无法忘记

纵使你的离去

成为我的污点

我依然无法忘记

就算你还在

也无所谓你在与不在

新　年

我们不得不来到这个世界

最终又不得不离开这个世界

照亮归途的月光

就像一把把盐

腌渍每一个脚印

隐入尘烟

两难全的世界

好像自我的苦难堆叠

才能换来别人的美好

于是我们像一株野草

一年又一年

辛苦又漫漫

命运把我们抛到不同的点上

任时光雕琢

虽然开启陌生的一年

但是还会过起熟悉的日子

乐看时光与命运交错

各自独立

又相互依存

烟花下的年夜饭

吃了一年又一年

喝的是杨柳春风一杯酒

点的是江湖夜雨十年灯

时光就这样匆匆兑换了年

今晚湮没了春晚的爆竹

声声不绝于耳

格外令人动容

那是与往日的诀别

更是对未来的期待

新一年

静宁见春

祉猷并茂

等 春

坚挺了一个冬天的枯叶

春风一吹

落了

秋风是冬的使者

春意是冬的信函

天都是一样高

地也是一样厚

只是人们

在理想与现实之间

两难

给废话点时间

看看窗外的风景正在倒退

想想是车轮正在向前

小吞云烟

滚烫入喉

但看沙尘

染了桃红

人们要治愈

用剪辑治愈

要被治愈

被剪辑治愈

三千年读史

不只有功名利禄

九千里悟道

不只是诗酒田园

其实每一份轻描淡写的从容背后

都藏了波澜壮阔的一生

枯叶终于落下

恰落在荒芜的渡口

自　渡

没有你的夜很静

有你的梦很远

一生很短

不过晨暮与春秋

一生所求

不过平安与无忧

时间总是让人猝不及防

一眨眼就是一天

一转眼又是一年

轻煮的岁月

慢煮的茶

沧桑的从来不是路

而是路上的我们

我们被时间推着走了很久

才从心中流出活水的江河

悲喜自渡

已是难得的自由

立 秋

夏未尽

秋已至

不知与那个来之不易的春天相遇

是否让你自由

一个转身

夏天又成了故事

故事里

有多灾多难有纸醉金迷有逢场作戏

也有依依不舍有情真意切有惺惺相惜

秋意不徐不疾

天高收夏云未淡

风清破暑气未爽

但该来的总会来

一如四季轮回不悲不语

墨绿的杨树带着泛黄的梧桐

渲染着秋色

清晨的芭蕉叶滴答着几点愁

袅袅秋思飘荡在瑟瑟的人间

离人未归

不敢听秋声

宽宽的指缝总是留不住瘦瘦的时光

绿池落尽红蕖

独留莲子满腹清苦

小时候故乡的秋月那么高那么亮

它总喜欢拨开云雾和我比倔强

常常我不到家它不休息

如今它依旧高悬

却满身都是沉默的冰霜

城市里热烈的霓虹没有它的色彩

不知是不是只有我在墙上给它留了一扇窗

手持小扇扑流萤

寒蝉凄切挂长亭

有它的夜色便格外清幽

银烛随夜起舞

放大了鸿雁的疲惫

吹断了盛夏的魂

悲凉的薄翼盖不住战栗的红豆

颗颗红豆熬成一个秋

愿夏天所有的遗憾

都是秋天惊喜的铺垫

愿有人陪你过个秋

秋　别

凉风嘲蟋蟀，
冷雨笑芭蕉；
花落闲不扫，
霜降叶难烧。
孤山盘云下，
野鹤上九霄；
堂中烛泪落，
殿前月牙高。
独酌应自乐，
饮罢唱离骚；
鸣琴邀长剑，
一舞向天号。

春 别

惊蛰春水拍山流，
少年策马惹烦忧。
小荷再无擎雨盖，
兰烬泪泣喋不休。

第三章

小小的歌

等 待

人生苦短

不及没有你的夜晚漫长

时针嘀嗒

快不过我不安分的胸膛

你的味道

在呼吸里涌成巨流

你的眉眼

在脑海里翻成狂浪

夜晚

每一个蜷缩

都在凝聚与你的爱恋

蜷缩

每一寸孤独

都在等待与你的狂欢

菡萏争芳

空留满地风光

芙蓉吐玉

冷看烟草连天

佳人愁不尽

过客憾无穷

雨 后

雨后的清晨

干净甜美到像你

我不禁把手伸出窗外

好像一下子你又散去

然后

叶子是你

花朵是你

满眼都是你

深吸一口气

是你的芬芳在空中流淌

闭上眼睛

仿佛听见你的呢喃

陌上花开的时候

你还没来

等你来的时候

繁花都不需要再开

似水的流年里似锦的你

是这世间最可爱的无可替代

你

天上那么多星星

无一是你

无一不是你

我倾尽所有秋波

望向从天而降的你

连太阳的光辉

都来自你的锋芒

你像一只雄鹰

闯进我的胸膛

送走了踏遍天涯的云

又迎来托满相思的月

在一片蛙声蝉鸣里

分外　想念

夜

你
是星星
我不知该把你摘下来据为己有
还是任你在天上陪别人等待黎明
你
是月亮
我不知该躺在你的臂弯里缠绵
还是要留你在别人的夜空里歌唱
你
是太阳
我不知该独享你的光芒
还是让别人因你的普照而闪耀
你一笑万古皆春
有你万事俱足
你
从我心间过
踏出层层波
路过的云

暴露了风的方向

窗前的我

顺着风寻你的模样

思

一见便会着迷

怪你过分美丽

许是那天的风雨

将你落入红泥

弥漫了繁花绿柳

到处都是你的气息

朝霞变成骏马

黎明便开始寻你

夕阳叮嘱月光

黑夜亦马不停蹄

散了人间烟火

醉了大海星辰

红砖细瓦

梧桐相思

予你

别

山雨欲来

秋风满楼

旧事依稀

疏影迷离

我在长街短巷寻你

撒一把红豆满地

想你

窒息了夜晚

盼你

揉碎了清晨

繁花开到荼蘼

惹一场秋雨的哭泣

听霖铃

不是折子戏

醉今夕

后会定有期

夜

黑夜的味道

是你的味道

你的味道

是孤独的味道

孤独的味道

是你离开的味道

你　厌人

让黑夜充满思念

黑夜　厌人

它放大了思念

晚晚皆说安

夜夜皆是空

寻

拿着月斧

修好窗纸

日不落

纸不敢破

我也曾仰望星空

在暗夜里孤独前行

左左右右

皆是苦厄

悄无声息崩溃

悄无声息自愈

春天来了

鹧鸪仍借一枝栖

空留新雨湿人衣

追 忆

青春

轻轻地被你撞见

是你

让青春没有离歌

青春的玻璃房子

总有你照见

羞涩的心花

羞于盛开

后来多少次

我远远望着你

就像以前

你近近盯着我

我从没有说过再见

因为总有一天会再相见

青春的奔逃

昂贵而难忘

一瞬间的转身

已成一生的绝唱

从前

你是眼前的灯火

往后

我不愿你是遥远的星河

孤 独

听得到的听不到的

碾碎了时间

堆成了沙子

看得见的看不见的

打碎了四季

灌进了眸子

说得出的说不出的

揉碎了自己

凑成了日子

颠 倒

眼前是压弯了海棠的梨花
梦里是遥望了四季的故乡
地球围绕太阳只要一年
每个人回到原点却要用尽一生
有一天
我也会老成一堆旧纸钱
不想了
埋在心里
不念了
半山听雨

空

雨没来

你也没来

我坐在窗前

或寂静或欢喜

寂静的我等寂静的雨

欢喜的窗盼欢喜的你

时间是容器

却容不下流离

黑夜有月光

仍照不见方向

云累了

雨来了

雨走了

云散了

悟

生命中一定会有一束光

带人绝处逢生

有时

我们会以为自己已经足够强大

强大到可以

把理想握在手中

把生活握在手中

把一切握在手中

而当我们发现

一切都无法改变或终将改变时

我们才重新回到

这个原本就是如此的世界

有时

我们需要面对的

其实不是世界

是那个执迷不悟的自己

熬

小时候

喜欢坐在窗前

看漫天鹅毛大雪

一会儿就堆成了大大的雪糕

我不咬它

只是看着它

等它慢慢高过膝盖

就出去把自己的脚绊翻

长大后

喜欢青苔长巷

看灰色的屋檐下燃起烟雨

烹一壶水仙

搅乱空气

珠落玉盘

错杂轻弹

似泣似诉

恍若人间

忽而漫长又总是飞逝的时光

掺杂了太多软弱又陈旧的理由

多少黑夜

暗里着迷

又多少一笑

已云过风轻

晨星不饮杜康

青鸟飞跃黎明

窗外

太阳又准备上岗了

太阳见过太多

仍旧朝升暮落

哦

太阳一定没见过

黑夜的雨雪

和我

失 眠

凌晨两点

原来花花草草们也未眠

听说神不能无处不在

所以创造了你

你的名字

想一想都触动心弦

乌云攒够了

便开始电闪雷鸣

不知哪里又在风雨交加

或许就在不远处

或许就在明天

微微风簇浪

浪散作星河

月黑只见无数个渔灯

点点孤光像纷飞的萤

萤火映照的每一条皱纹

都渗透着

岁月的岁月歌

和

渡过的摆渡河

我 们

近了

一滴两滴三四滴

不像和风细雨的小芭蕾

不似金风玉露的华尔兹

熏风夹着五味杂陈的雨

旁若无人蹦着自己的迪

没什么出处

只知道来处

尚不明去处

这大概是

沉默却开心的

不沉默也不开心的

大多数吧

空

彩灯没彩

微光阑珊

看不见天上的星星

灯灯们也很配那些或冷或热的夜晚

窗帘很懒

已经很久没有合上过

可能它知道

挡得住窗户也挡不住寻找星星的双眼

我曾抚摸过的走廊

一步步都已是离情

如果星星会绽放

想给它们加点糖

甜蜜深夜的每个梦乡

回 乡

杜鹃声里斜阳暮

流云聚散戏孤烟

夜来半山闲听雨

小筑铜铃无处安

故乡七日

七日醉

流连十日

十日欢

干了一碗碗人间烟火

再碰一杯杯相顾无言

向　暖

风吹情留绿水流

水推移船不倚岸

近一分有近一分的愁

远一分有远一分的盼

二十岁喜欢的

三十岁依然喜欢

但是可以不再拥有

二十岁害怕的

三十岁依然害怕

但是已经可以面对

人生是杯无色的酒

是苦是甜都要喝

人生是条无名的河

是深是浅都要过

在琐碎的日子里

愿有人给你多放几勺糖

山顶繁星正盛

那是放糖的人闪耀在银河滩

达

左侧卧太空

右侧卧太闷

一堵心墙隔绝了天涯海角

白天想太噪

晚上念太吵

一曲心跳终成绝唱

岁月失语

唯石能言

停云霭霭

平陆成江

退则净土

进则凡尘

天地自然

一时有一时的美好

应候而荣

顺时而凋

变化的是风雨时令

不变的是风雨无休

夜 思

我们在路上走得太快太久
甚至来不及回眸
走远了才知道
人住的是房子
心住的才是家
到底什么样的结局
才能配得上这一路的
颠沛流离和遗世独立
秋有秋的厚重
风有风的傲骨
酒也杯中
月也杯中
遥夜唯有烛花红

守 望

这里的岁月

无奈又漫长

我把梦想

搭在青骢马背上

走出荒漠

跨过山川

腾飞奔朝日

蛰伏潜弯月

马蹄踏着日月的光辉

我也一起飞

我并不厌弃叽叽喳喳的俊鸟

也不憎恨掏空米缸的子神

只是绣了金丝的梦想

已搅乱我的心河

哎呀

忽然就白了头

后 来

总说十年寒窗苦
其实
后来没有寒窗了
只剩苦

十年后知道
吃不了读书的苦
就只能吃生活的苦

后来
什么草都能没了马蹄
不用等到年老
头发也会变得白又稀
到处都是说辜负就辜负的相思意
脑袋是装饰品这个事并不随机

后来
无情的你下起了无情的雨

打湿的屋檐流下人生实苦的泪滴

本想做风口浪尖的弄潮儿

却成了做鬼也风流的泥

踏着五彩祥云的清梦

在大地上孤苦无依

曾武装到牙齿的斗士

被现实扒光了皮

后来

太多的善意不过是自我感动而已

有的光环只需要投胎的实力

也许不甘心自己只是一个沙砾

却不肯在一场风暴中鸣笛

后来

一年照常还是四季

也无所谓阴云密布还是晴天霹雳

不会再为得失悲喜

吃到嘴的都算甜蜜

后来

想起同桌的你

问问当年谁给做的嫁衣

以为会一辈子为她着迷

没想到还是会各奔东西

后来

狂欢不如面壁

用沉默摆平所有分歧

管他子午卯酉赵钱孙李

留在身边的都要珍惜

后来

人都会死已不是秘密

青春的背脊本就挂着未来的端倪

是苦是甜都是经历

能在这世上安稳活着

就已经是奇迹

所以

感谢父母不易

感谢恩师不弃

感谢朋友不离

感谢儿女不腻

感谢自己勇敢面对每一次洗礼

也许

感恩才是生命的真谛

我是一片云

我是一片云
想起舞就起舞
想犯懒就犯懒
我可以伸出猎爪
勾引另一片云彩
也可以立刻黑脸
哭给你看

我
一会儿是高天上的流波
一会儿是半山腰的翠岚
我
是早上召唤神龙的紫气
是晚上烟火熏过的暮霭

我跨过晴苍
不带走一个昨天
我飞速奔跑

不触碰任何人的底线

我不看天的脸色

它爱蓝不蓝

我不听地的呼唤

它干旱就干旱

我走南闯北

早就看惯了生离死别

我日夜奔走

无所谓是黑是白

我

有五十度的灰

也有不止七种的彩

我

可以是压顶的泰山

也可以是曼妙的仙姬

我

可以给太阳蒙上双眼

叫停它去晒那捂不热的心

也可以给月亮加上封条

阻止它去映照破碎的镜子

雷鸣是我的怒吼

闪电是我的利器

我

想大喊就大喊

想亮剑就亮剑

我

幻化成滔滔江水

洗尽世间腌臜

我

逍遥于滚滚红尘

看遍劳燕分飞

我

乐看人去远

也无惧马行迟

我掠过山河万般锦绣

听过鸿雁字字珠玑

我

任壮士怒拔三尺剑

由男儿笑焚五车书

贪美人腰下轻纱笼玳瑁

叹丽人脸边清泪湿胭脂

我

可以让湘竹含烟

也可以让海棠经雨

可以唆使瀑泉垂地三千尺

也可以命令老柏参天四十围

我

时而卧龙凤雏

时而佳人过客

你有三十六计

看我七十二变

我

看过万里烽烟擎紫盖黄旗

闻过一梨膏雨泡青袍白马

何为仙风

不问道骨

一切皆为天造

最次也为地设

我有金屋玉楼

不乏书堂祀庙

我

看过牡丹真国色

也看过芍药妖无格

我

见过燕语莺声浑是笑

听过猿啼鹤唳总成哀

我随江海孤踪灭

我跨乡关万里行

我是一片海

我是一片海
我想发呆就发呆
想狂浪就狂浪
看见我
可能会春暖花开
走进我
也许会命丧黄泉
我出出汗
便是哪里的甘露
我吐口水
就能把小船掀翻
飓风给我梳头
我就做个巨浪的造型
云朵给我洗脸
脸太大也没法太节俭

太阳从我这儿落下
必须留下余晖

想继续炫耀

只能排到明天

月亮从我这儿升起

必须洒下月光

想留到白天

乖乖回去修炼

长江那么长

多长我都能给剪成短的

黄河那么黄

多黄我都能给洗成蓝的

小溪别偷笑

来了就把你变沧桑

湖泊别侥幸

不来你就不会有海量

我的蜃楼让你古今难辨

我的柔情给你咫尺星河

有人远渡

我愿顺水推舟

有人垂钓

我便一言不发

我可以结冰百丈

阻止你乘风破浪

也可以热情似火

陪你江海余生

我弱水三千

有人只取一瓢

我能容纳百川

凭鸟飞鱼跃

我的誓言不比山盟

加点孜然就能烤煳

我的心胸堪比天空

主打的就是大象无形

我不扬波

可以平如镜

我若翻滚

也有千尺浪

我可以摇曳你的梦

也可以淹没你的窗

我打碎过银河的珠光

也刮花过美人的妆

有人说山的那边是我

我说我的那边还是我

我就是我

不一样的我

穿越人潮人海

不如

来看我

想你的三百六十五天

我试图找出

抑郁和绝望的蛛丝马迹

从开始的青涩纯情

到后来的酷炫热烈

我和你一同在成长

但还是喜欢最初的那个自己

总有一天

我们都会青春不再

但有些人

在我们心里永远年轻

常说

人外有人天外有天

于是总夹着尾巴做人

克服种种人性的弱点

怀揣着所有生而为人该有的美好品质

静静地看着世间的一切

可我明明是只狐狸呀

不知不觉

一年过半

还未数伏热胜三伏

心多静都凉不了

也许是年龄的瓶颈

也许是无力共情

常常觉得

能活着就已经很好

缺少的斗志

不是喊喊口号士气就有了

逝去的光环

也不是翻开奖状荣耀就回来了

我们可能需要一种"文明"

它使人自尊自爱自觉自信

而不用在意他人是否遵守

更不用谁来管制监督

万事万物冰冷

恐怕只有夏日还在坚持热情似火

我们也该学学四季

到了春天就发芽

到了夏天就盛开

到了秋天就收获

到了冬天就蛰伏

接受生机勃勃的自己

接受激情绽放的自己

接受丰收沉淀的自己

接受蓄势待发的自己

同样

我们也该接受被埋在土里的自己

接受一晒就蔫巴的自己

接受一无所获的自己

接受熬不过冬天的自己

人有人性兽有兽性

但终归是在大自然里成长

在大自然里消亡

所以

才要顺其自然

每天无数人生老病死

每天有人欢笑有人痛哭

每一件事都是粒子

纵观一辈子却是起起伏伏的波动

每个生命都是一道光

有的是星星

或划过天际或璀璨夜空

有的是月亮

或映平湖或照花好

有的是太阳

或光芒四射或刺得人睁不开眼

所以

选择尊重

尊重选择

如今

我觉得我也可以唱想你的三百六十五天了

也许我们没有最爱的歌

可总有最爱的人

太多歌者治愈爱别人的人

而我们每个人又都是所爱之人的"歌者"

也许是

一段告白

一句问候

也许是

一个微笑

一个拥抱

也许是

一沓金钱

一碗热饭

也许是

一本好书

一点知识

总之

去治愈

去成全

其实"歌者"很像布施

我在与不在

都尽全力许你安好

所以走得如此无情无义

又那么义无反顾

每个人都有

想念了一个又一个三百六十五天的人

也仍有

要努力过好的一个又一个三百六十五天

逝者走远

生者当以欢喜之心

慢度日常

用加法爱人

用乘法感恩

如此

生死皆体面

初 雪

太多现实的离散

都只能在梦里圆满

人这辈子

该走的弯路

该吃的苦

该撞的南墙

该掉的陷阱

一个都少不了

后来

仅仅是还能等待

已经算是一种幸福

那种幸福

像小镇里的清澈小溪

宁静也深沉

多少个午后

慵懒的阳光

洒在枝叶郁郁葱葱的树上

而我在这棵树下

像是等待了千年

千年的世界千年迷幻

我等你千年

一定是你比这个世界更值得迷恋

微风推着晚霞游走

只有心跳知道什么是无可替代

山无遮

海无拦

任由日落跌入昭昭星野

散在满是屋檐的人间

如今

我也撑起了屋檐下的一方烟火

你便是那屋檐上的日月

是那烟火中的山河

是一次又一次穿透冰心的歌

世间的苦

从不问风霜雨雪

我也许久没有问过为什么
只是任由郁郁葱葱的宁静
跨过萧瑟凛寒
再到春意盎然

守候千年
才知没有为时已晚的等待
只有恰逢其时的相遇
初雪惊醒大梦
晚风吹走落日
落的是同一种闲愁
雪一片一片一片
琼花葬白头

唯树木不向四季起誓
荣枯随缘
我应在树下
宁静致远

左 右

遇见时

彼此像繁花、绿茵

冻水初融

又渐渐消失在对方的影子里

是狂风暴雨枯叶飘零

是大雪纷飞萧瑟彻骨

你是复杂的

复杂到自己都难以琢磨自己

为什么

那一天要做那样的决定

这一天突然就狠下心来

为什么

对这个满是执念

对那个却满不在乎

你肯定为自己做的某件事后悔过

肯定发过誓再也不做但又继续做过

你瞧

你就是这样

喜欢自己往自己挖的坑里跳

最后

不是时间给了你答案

是你已经不需要答案

当连人带盒都不到出生的体重时

灰飞烟灭的不只有皮囊

还有难舍难忆的过往

就像什么也没发生过一样

就像你没来过这世界上一样

所以

何必自责

尽力就好

何必自弃

活着就是胜利

其实

每个人都闪耀着光芒

你觉得自己不幸

但就是有人因为有你才幸福

你觉得孤独

其实一直有人在偷偷爱你

他们

是父母

是朋友

是那些悄无声息的躲避和关照

是半夜为你开着的路灯

是比你给的钱多一点的肉片

是点醒梦中你的一语

是对你身未至心已达的期盼

甚至是一句普通的早安

但一定都是你的光芒照见的"我愿意"

奈何不了的

何必奈何

又继续奈何

索性

缘会则生

缘离则灭

世界

或许乱七八糟

自己

只要干净就好

等风起

等雨停

该遇见的还会遇见

而你

会一直闪耀

贺友迁新居

出自幽谷,迁于乔木,老徐非鸟,也曾大鹏。京南迁京东,五环渡五行。

不惧魑魅魍魉,且过黑白无常,日上三竿能鼾睡,夜半三更醉挑灯。

能搬锅,会燎灶,一次铺床,百次安好。

除旧迎新置田产,富甲一方仁满怀,锅碗瓢盆齐上阵,不是陋室德亦馨。

蔓蔓青梅绕竹马,锦绣平川步步高。

日进多少金不晓,但必定会五谷丰登百步穿杨。

初 见

既见星难移，
颂语化成溪。
才别柿红院，
寸波成涟漪。

远 行

一琴一鹤小小舟,
孤莺残月点点愁。
风洒寒林山寂寂,
草作鱼书水悠悠。

第四章

组诗

父 亲

一

我以为只要日历不翻

日子就还在那一天

日记停留在那一页

写满了父亲的名言

儿子说想吃肉

可兜里的钱都不够买盐

幸好卖了几个袋子

还能凑上两块钱

委屈了我的孩儿

日子一定越来越甜

我如愿吃上了肉

他说不饿只想抽口旱烟

我赶在天黑前写完作业

饭后去门口听邻居侃大山

父亲总是笑而不语

他说牛最辛苦

一到晚上

就来帮大伙儿打发时间

二

转眼我已长大

每次离家他都要煮鸡蛋

他说光阴一去不返

要勇敢面对明天

我带着鸡蛋上车

留下他形只影单

我远远地回望

他远远地看

我带着女朋友回家

他笑得天真烂漫

准备了金灿灿的戒指

还不断向月老美言

他以为我的红线被拿去织了秋裤

不承想是好饭不怕晚

他又做了红烧肉
说口味不好多包涵
我吃了一块又一块
父亲的爱没变
变的是肉越来越甜
他说吃盐长劲儿吃糖心安

年轻时他靠力气养家
现在我已挑起家的重担
他从不许我扒房梁
却时常自己摸摸看
我知道屋脊上挂的篮子
装满了他的呐喊

三

结婚那天
他千恩万谢
捧着话筒抖出了一身的胆

他默默流泪

把我交在她手上

又笑着和我说再见

他说终于等到这一天

他要开始旅行谁也别想阻拦

看看大江大河

爬爬金山银山

也曾艰苦奋斗

不悔披肝沥胆

四

这一次

他远远地回望

我远远看

我取下篮子

才发现

装的不是呐喊

是他的血汗

他的一点一滴

掉在地上摔成了八瓣

他的一踉一跄

换来了家里四季三餐

跨过沟沟坎坎

为我们扬起了帆

日历不翻

日子也要向前

母　亲（其一）

一

八月桂花遍地还没开完的时候

我穿上了羽绒服

银杏树叶还绿绿地挂在那儿

一场接一场的秋雨

怎的就一次比一次凉

路过哪一家的厨房

看见了白菜和土豆的硝烟

我能闻出来是猪油搅了局

又一阵尖椒与肉共舞

我能闻出来尖椒用力过猛

母亲一直说我是狗鼻子

她搁在冰箱里的肉

我能闻出来冻了几天还是几个月

她做的菜

我能闻出来哪一味调料是多是少

她常说家里不用养狗

有我就行

但我始终代替不了狗

狗识路识人

我不识

所以

我不如狗

二

她八岁做饭

我八岁读书

她十八岁做饭

我十八岁读书

她二十八岁看到了自己的三十八岁

我二十八岁遇见了她的三十八岁

转眼间她五十八岁

我挣扎着和她不一样的三十八岁

等我五十八岁

不知道她会过上怎样的八十八岁

她说

她死了要撒大海

我说

我死了应该还能混个地方

她说

想开点

在哪儿都一样成沙

我说

那事不宜迟赶紧该吃啥吃啥

如今她体重飙到一百一十八

我还维持在八十八

她常说要雇个吃饭的

因为我总是给得太多

拿得太少

她忘了她从小到老都是这样

总是给予

从不索取

三

她说她不后悔生了我

我有点愧疚当初不是故意选的她

时代的烙印没有泯灭她的品性

她尽量让自己的烙印不磨灭我的心性

三岁时

她天天给我唱一条大河波浪宽风吹稻花香两岸

直到现在

我都喜欢黄澄澄的油菜花绿油油的小麦田

五岁时

她教会我木兰诗和黔之驴

而今

我仍有木兰之心却依旧成了黔中之驴

还没熬成富婆

已先成了黄脸婆

但是坚信

耕耘过后

不是没有结果

只是还在扎根

母 亲（其二）

一

我们都在不经意的岁月里
不经意地过了几十年
我说我走的路比她吃的盐多
其实她付出的比我码的字多

二

以前爱吃西红柿炒蛋
于是
每次回家第一顿饭必有西红柿炒蛋
后来爱吃饺子
于是
一个星期吃了七天饺子
轴有很多种
但都没这个好用又永久

小时候深夜发烧她背我去诊所

大雪下了半腿高还意犹未尽

她尽力不蹒跚

仍摔了跟头

然后从雪堆里把我扒拉出来

背上继续走

三

长大后我总是分身乏术

每每电话问安

必是

身体棒棒

心情好好

后来发现她偷偷吃了一年药

爱有很多种

但都没这种隐晦又厚重

她总说减肥

没想到把时光减瘦

任由它

从白天与黑夜的缝隙说走就走
从前她总是管东管西
却不问我去南去北
后来我建议她别再管东管西
她只好陪我去南或北

四

我常想
作为父母
让孩子看自己脸色活着很失败
其实作为儿女
让父母看自己脸色活着也一样失败
这一点上
我越来越不敢说她是个失败者
毕竟没有我的时候她工资一百八
还整天笑哈哈
有了我以后工资二百五
却顿顿都吃土

世人都爱简单明了

偏偏越活越多妖娆

多少人

活着活着就忘记了自己本来的样子

又活成了自己讨厌的样子

而我却一直喜欢她的样子

唯她不紧不慢

不与岁月相争

五

头发由长到短

发量始终不变

皱纹从无到有

容颜依旧未改

然而嫉妒使我面目全灰

还没吸着仙气儿

黄脸已先着地

她常痛而不言

能自己扛的绝不开口

她常笑而不语

能侧耳倾听绝不多说

她常惊而不乱

能尽力而为绝不慌张

她常迷而不失

能守住自己绝不畏惧

她不希望我是她

却是照着她修剪的我

这世间的相爱都是为了团聚

只有父母与子女的爱是奔向别离

也许正是因为

他们凭借自己的一身肝胆

过了人生一关又一关

所以让我们也依葫芦画瓢

告诉我们人怎么做

教会我们生怎么活

六

我认识她这么多年了

总结一下她

是虚心竹有低头叶

是傲骨梅无仰面花

人生在世

每个人都会蹚过一条河

这条时而惊涛骇浪却温暖长存的母亲河

春 来

一

春带来了春与春花

也带来了风与风沙

飞驰的人

用一声长长的叹息淹没一城的喧嚣

用一盏红灯的时间挑战生与死的距离

知道春天一定会来

没想到它来得这么快

我甚至忘记了

它曾经灿烂的样子

现今只觉得

它的每一个枝丫都惊为天人

像是重生的礼赞

它让人不想问来处

也不想问归途

二

街上车水马龙

行人熙熙攘攘

幸好他们没有听到我的嘶吼

太阳西落很快又东升

它一定是不希望我的孤独在夜空悬挂太久

我也曾向海风许愿

与少年在山海相见

奈何空空的天空

容不下一个心愿

四季尚可轮回

而少年永不能再见

那些不再轻盈的梦想

已无法释怀"还没活够"

只有一次次失去

叫人越挫越勇

我曾觉彼岸一定很好

因为那里有你

你是傍晚的火烧流云

是夜晚的皎洁圆月

已经无暇赏花的我
只剩在春尘里奔跑
以为在奔向山海
却离你越来越远

睡莲在清晨招展
时而低垂
时而向阳
喜鹊在枝头翘脚
时而东张西望
时而高声呼喊
这该死的春天
不过
一朵花而已
一只鸟而已
竟让我如此感叹

三

终于过了半生

终于退无可退

此刻我可以是我

也可以是任何人

我不再期待一场相遇

不再等待一个结果

也许我会忘记你的名字

但我永远记得那样的笑容

也许哪一天

会在别人的眼中看见你的瞳孔

在别人的手上看见你的茧

在别人的蜜语里听到你的声线

在别人的怀抱里听到你的心跳

从此

你可以是你

也可以是任何人

春天是今天

也可以是每一天

我不再歌颂苦难

不再畅想黎明

我要用沉默堆积成山

刺破长空

要在黑夜尽情舞蹈

踏碎孤独

往后的人间

该是

拂面有金风

小酌有玉露

山光出疏桐

归雁泛歌声

立 夏

一

时至今日
走过许多路
大多数时候
驱使人们前进的
不是希望
而是恐惧
害怕被落下
所以努力向前跑
害怕会失去
所以努力抓在手里
正是这些恐惧
使人奋进
努力做更好的自己
也是这些恐惧
使人执拗又偏激
其实走到最后

大家都像没来过一样

缝缝补补的一生

连历史的一瞬都够不上

那些弯弯的路

长长的河

从来不会因为谁走过而变得或直或短

它们只是随着自己的心情

随天绰约随地婀娜

我慢慢写

它轻轻和

二

时至今日

看过许多云

大多数时候

人们总是在积极喧嚣的环境里

才觉得有存在感

而那些安静孤独的灵魂

就像莲

只可远观

而无人亵玩

人们总是说服自己活在当下

有时脆弱到必须忘了过去

有时坚强到只需熬到黎明

说到底

活着时追求的

仅是活着的意义

高天上的流云

曾听暮鼓晨钟

也曾焚香遮月

但它们不会为哪一个人的祈祷驻足

它们只是随着自己的心情

随风摇曳随雨生姿

它悄悄走

我静静看

三

时至今日

淋过许多雨

大多数时候

人们喜欢在柴米油盐酱醋茶里

加点琴棋书画诗酒花

让平凡的日子没有那么平淡

然而

我们也终将平凡

能安然度过一生就很不错

动物只要吃饭睡觉交配就好

而人总喜欢加一项胡闹

人也常常分不清光与影的区别

光是爱

是温暖

是成全

影

是遮蔽

是压制

是苦寒

四

淅沥沥的雨把夜里的微光分割成百叶窗

时而映出有人在雨中奔跑

时而传来遥远的叹息和抽泣

雨也有一帘幽梦

雨也不知与谁能共

它们只是随着自己的心情

随辰逍遥随宿自在

我细细听

它深深嗅

谁是谁的天堂

谁是谁的荒凉

最终

梦想是梦想

人生是人生

流水落花

春去也

感 恩

一

小时候没有噩梦

没有惆怅

没有挂念的人

也没有躺着躺着就掉下的眼泪

每到河开雁来

便自己做了风筝

带它飞到大地上

偏偏要摇着它去高压线的方向

等着看它是燃烧还是缠绕

清明忙种麦

谷雨种大田

在一片阴云下

坐在垄背上闲看风吹麦浪

一浪是生机

一浪是希望

二

转眼夏天来临
清晨的露珠大大小小
大的在牵牛花上梳妆
小的穿着草裙跳舞
中午的微风吹得窗户吱吱扭扭
沙啦啦的杨树叶为汽车的鸣笛和声
夏天的晚饭后
是一天中最好的时光
匆匆忙忙吃了饭
抱上草席和手电到家门口占一个好地方
那时的好地方在众人中间
大人们围着我聊天的感觉
就像天上闪耀的银河围着月亮
我打开手电
用冲天的光柱向仙人发出信号
心里期盼着他也会从天上回赠我一束光
瞬间把我吸到九霄
从此我不用再一步一步走向天堂

上一年馈赠的艾草

驱赶着夏夜的蚊虫

我恣意地躺在草席上

跷着二郎腿

任由大人们的说笑在两个耳朵间进进出出

留下的是欢乐

充斥的是行囊

星星忽明忽暗

信号显示

这样的夜晚在我的岁月里会越来越少

晚上偶尔也会跟着大人

去不远处的三舅姥爷四小叔七大姑八大姨家串个门

回家的路上铺满月光

映出两道车辙和亮亮的马蹄窝

人和马儿都卸下一天的疲惫和快意

阵阵清风裹着麦香

一觉睡到天亮

三

有一天传闻要地震

可是村子里没有一个专家

只听老人说

地震时大地会裂

谁也跑不了

还说

常常发生在晚上

我庆幸自己没有金银财宝

至少可以快跑

紧张了好多天

练得狗都追不上我了

地也没裂开

可能是天上的仙人给我的梯子还没准备好

四

挥霍了一个夏天

秋风赶着人们把秋收好

我那宁静的小村庄

坐在高高的谷堆上

白菜成堆

土豆成筐

节节高的芝麻蹦蹦跶跶进了缸

被打掉牙齿的玉米留下光秃秃的身板

等着在冬天被埋葬

霜落雪来

总是忍不住要踩上一排排脚印

让冬的百褶裙从经典走向时尚

一排排冰溜装饰着高高低低的屋檐

碧蓝的天空下

正循环播放三百六十五夜圆舞曲

我的第一支舞

是月朦胧鸟朦胧

是稚气的手搭在青涩的肩上

是懵懂的手扶在羞涩的腰上

后来的舞

只是一场场独角戏

日子快到没时间回望来时路

就那样匆匆过了几十年

小时候按年计算长大

老去后按天计算死亡

如今我们都已成为旧时光的局外人

多的是噩梦

有的是惆怅

是太多要牵挂的人

是在零星忽现的归途中解释不清的感伤

这世界

有桥有路

有幸与你同行

心　动

一

你有多久没心动了
那种怦然心动
从呱呱坠地到垂垂老矣
从无知无畏到皆无所谓
心动是小时候喜欢的东西没钱买
是少男一低头的温柔
和少女不胜莲花的娇羞
是金榜题名
洞房花烛

后来
心动的字典里
就只剩功名利禄求各种圆满
我们在心动里寻找自我
又在寻找中变得麻木
我不再为久旱逢甘霖而心动

只是站在我想站的地方

听一听风或者淋一淋雨

也不再为冬天的一场雪而心动

徒手撸起袖子随便团一两个雪球

再任由它化掉

我不再为一个人的离去而失落

渐渐明白人各有去处

不如给自己一条活路

也不再为丢了什么而着急

要么破财免灾

要么旧的不去新的不来

但我仍旧不是一潭死水

我乐看苟且有术

也同情苟且无门

我还是会拿起手机拍一拍迷人的彩霞

在酒里找找春风沉醉的夜晚

我还是会望望月亮上的环形山

关注一下外星基地搭建进展

反正抛却地球上的烦恼最好的办法

就是离开地球

我开始接受那些奇形怪状的艺术

坦见鸡毛蒜皮的苍生

对井底之蛙的唾沫一笑了之

在推杯换盏间表露真实的欣赏和羡慕

配角时绿艳闲且静

主角时红衣浅复深

其实丰俭由人

我们在同一种节奏中摇摆

在同一部曲调中共情

潸潸然的眼泪也汇聚到同一条河里流向大海

日薄西山时

乍金乍紫忽全青

天上一轮才捧出

人间万姓仰头看

其实是一样的月光

却不是同一片云彩

于是漫随云卷云舒

想起琴瑟在御莫不静好

轻言饮酒与子偕老

黑夜放大一切虚无和幻想

而月光骗我们走进的良夜

常常只见云山不见人响

檐下人像沙漠里的花朵

不屑于向那过路的风吐露半点气息

二

儿时那些老人在乡野小径上一遍遍走

草丛里有他们的镰刀

还有猪叫

玉米地里回响的

是吃撑的饱嗝和吃得苦中苦的欢笑

我静静看着阡陌纵横

这地上洒过无数汗珠

也渗透过无尽的荒凉

忽远忽近的故乡

给我

一张票

一辆车

一场说走就走的旅行

而我带不走的

是终究会埋葬的功名与埋葬我的尘土

山上的坟包正在进行一场场孤独的巡礼

常常花落人独立

偶尔微雨燕双飞

而我总觉得自己已经放弃这一城一池的归属

无数发动机在轰鸣

但不是所有的车头都奔向心动的街区

每一首飞驰的歌里

都有青春惘然和伤心失意

还有激情四射和恣意张扬

有爱过的某个人

有熬过的某段岁月

还有走过的某段路

也许每个人的心里都有盏七星灯

它是一点点变亮的

也只能一点点灭

再经不起一个浪

这世界万事万物

到底还有什么能让人怦然心动

端　午

一

又是一年端午
暑热格外难耐
小时候的端午
一大早去树林
找一条小溪洗脸
拔几株艾草
雀跃在小河边

阳光洒进林间
空气都有了形状
斑驳的树影
时隐时现
时定时移
我把脖子抻到最长
向后仰
高高的树

望不到头

一阵清风吹来

树叶沙沙作响

仿佛是在告诉我

可以了,一会儿脖子断了

我不得不"啊"一声

收回脖子继续向前

二

那会儿总喜欢找一种植物

香蒲

可它常常长在水边

我不会游泳

总不敢靠前

每年都想要

年年拿不到

直到现在

我仍觉得它好

花店里也到处都是

但

我不想要了

三

端午挂葫芦
到处是挑着担走街串巷的葫芦娃
可惜
那种葫芦
一晒就掉色
沾水就蔫巴
我以为
质量这么差的我自己也能做
结果
葫芦娃们的葫芦
从彩纸的变成金纸的
从纸质的变成塑料的
又从小的变成超大的
我已跟不上潮流

四

端午彩绳有五色

一祈祷

二避邪

三取乐

兜里有一毛钱的时候

够买两个手腕儿戴的

再后来

有了兜里可以装两毛钱的资格

就花大价钱把两个脚腕儿也武装上

待端午后的某一天

把它们剪断扔进水里

老人说

绳可以变成蛇

我在雨中看了好久

都没有一条蛇游出来

且那么多年从未见过

但我却因此喜欢上了雨

喜欢雨打芭蕉

喜欢雨中漫步

五

关于粽子

母亲固执地认为

只有红豆和红枣两种馅儿

且必须选上好的粽叶和马莲绳

粽子要在过节前一天包好

再卧上一筐鸡蛋

在大铁锅里放一晚

第二天满屋的粽香

我愿意过端午

因为其他不管啥节必吃饺子

母亲愿意过端午

因为鸡蛋可以吃个够

粽子水腌了一晚上的鸡蛋黄会变色

绿不啦叽灰不溜丢的那种

剥开鸡蛋皮

蛋清上有一个黑点

母亲说那本来应该是鸡眼睛

当时

就变成了我吃鸡蛋的阴影

后来

我也学会了包粽子

也知道了粽子还有肉馅儿花馅儿等

一系列我觉得存在的就是合理的馅儿

但我仍喜欢红豆和红枣被白米包裹成的四面体

棱角分明

简约而不简单

母亲包粽子经验丰富又要求高

我这种一年才有一次实习机会的

全靠几何学手动建模

所以每每觉得自己包的粽子

满满都是科技与狠活儿

也总是会多包一些

以飨亲朋

端午本是源自对天象的崇拜

后来添加驱病、辟邪、禳灾

之于我

手艺是母亲对传承的坚守

点点红豆是情思

粒粒红枣是欢喜

还有滴滴雄黄是吉祥

奔波的人

飞驰的车

这一城的喧嚣早就在阳光下摊了牌

端午食粽

愿生活可咸可甜

乐放纸鸢

求人生自由圆满

秋　分

一

又是秋天

这时节

没了春天的蠢蠢欲动

多了凡事尽快了结的焦急

躁郁没了

酣畅没了

连热烈都变得稀薄

世间多彩

怎么偏就秋叶好看秋景喜人

夏天走了

你也走了

岁月的列车确实没有为谁停下

屋檐下的烟火依旧五味杂陈

一口口吃食下肚

其实起点都是娘胎

终点都是棺材

世间之人有什么不同

是那些有差异的人生

造就了

日子或苦或甜

成就或高或低

见识或深或浅

小时候

家附近有个场院

生产队的驴不够用

只好用人拉磙子

那时

秋收是上天的奖赏

秋膘像瘦子的金牙

那时候的人也有个好处

不一定知道自己想要什么生活

但能忍受任何一种生活

总是告诉自己

没有不可治愈的伤痛

没有不可结束的沉沦

所有失去的

都会以另一种方式归来

最终

大多数人

都活成了上一代的续集

一不小心

又活成了下一代的前传

二

裹着冷漠的秋天

不打个招呼就来了

如同有人呼着冷气

却揣着温暖突然出现

太多人

在这样突然的出现与消失中

得到或失去

渐渐地

由灵魂驾驭不了肉体的荒唐

转为

肉体束缚不了灵魂的空虚

后来

寄不了秋思

也抱不了秋怨

只好

两处相思同淋雪

此生也算共白头

不知有多少人在期盼

新的一天新的一月

新的一季新的一年

记不清的账

不记了

理不清的头绪

不理了

好像

只要新的时间到来

一切便会重新开始

但

只有皱纹

踏踏实实趴在那儿不动

至于其他

也没什么是不变的

明天和意外

顾不上看秋风秋雨的天气

谁跑得快谁先来

人们匆匆忙忙

并不是在追赶明天

而是为排除意外

三

人间待久了

身体累了

心里却不能歇一歇

停下的脚步

亦拽不住飞驰的孤独

孤独

跨越千里万里

去搅乱夜半的清梦

孤独

唱着大歌

奔驰在四季山河

孤独

带着熟悉的曲调

勾着人们

用往事的鞭子蘸着现在的盐水抽打未来的自己

一边自省

一边享受

从前

谁爱孤独

后来

谁不爱孤独

世间万物

从来就有

我们骑在时间轴上捡漏

不知

我是谁漏掉的那个

也不知

谁是我漏掉的那个

不如

只管做好自己

剩下的

交给报应

漫漫长路再回首

我心依旧

秋天来了

冬天还会远吗

你听

春天春花春事

已经在秋天的落红里开会了

自 己

一

那一天暴雨倾盆

她欣喜地对我说

你很好

给了我种种"破格"

她让我明白

偏爱

后来

她离去

也带走了我心里那不为人知的沟壑

我驱车几十公里

到她的墓前独坐

默然而归

世上多男多女

到老没留下几个人

到死也没成几件事
却常常硬着头皮
喝几杯看似满载前程的酒
任由"你不懂"和"开心就好"碰撞

二

那年秋
我和她
南下同船游
桨声灯影语落无声
一如这世界
真真假假假假真真

后来辗转
她说我们不必再见
我以为自己早就看淡生死
常想大不了一死
但她这个再见
我不敢说也不敢想
后来

就真的再也没见

有一句深情又无奈的话
活在你心里
是最好的活着
有一句真切又遗憾的话
你在我面前我却不能拥抱你
是世界上最遥远的距离

人活一世
太多的离散
在物理意义和精神意义之间
我常想
忘忧草忧的什么事
含笑花笑的是何人

不如巢燕和塞鸿
三春尝唤友
八月始来宾
越是如此
我越珍惜那个可爱的人

那个在内心深处向我微笑为我点烛的人

我怀念并期待
和这样美好的人
结成情感的同盟
可是
长亭外古道边
今宵别梦寒

三

我没有去过她的故乡
但那个小城
肯定依然在怀念着她
依然在吃着"她味"
依然袒露着她的"遗产"
依然为我保留着她曾无数次行走过的长街小桥

她从未离去
她的信仰和吃食
她无尽的乡愁和才情

就在那长河的落日里

在那吹又生的草木里

在我的视线里

我在她的人间慢慢行走

点过香炉醉过玉楼

也许

除了她味

还有他味

她味他味

她他有难解的局

味味有难忘的欢

离去的人

余温已散

活着的人

也没念念不忘

在俗世内外

活者和逝者

终究

只能达成无法言表的共鸣
珠帘半卷起
知交半零落

如此闷热的夏天
期待再一次暴雨倾盆
她的偏爱不在了
她还在
我曾不堪一击
也终将刀枪不入

第五章

我们的歌

送　别

焚不尽的诗书

穿古越今走了千里万里

罩不住的柔情

让缝了好久的断骨爬满忧伤

小巷又弯又长

没有门也没有窗

我拿把旧钥匙

插进厚厚的墙

看杏花村里酒旗斜挂

听杨柳檐下琴调轻弹

偶闻花间梦事藏仙阁

原知江上藜杖为书香

风起画堂

金铃摘月

流星一定是背了太多心愿
所以才跌得那么重又悲凉
此去山河远阔
捧一碗烟火吟白霜

来

等了好久
花都没开
是冬不愿意走
还是春不愿意来

盼了好久
你都没来
是日不够长
还是夜不够短

后来
花开了
你来了

春走了冬会再来
日夜也时长时短
看惯花开花落
唯恐你走了不来

看过泱泱大海
不及你秋水一半
亦看过璀璨星辰
还是你明亮可爱

巍巍青山下
盈盈一水间
来

夜

怕深情太短
怕遗忘太长
只好每天刻画你的模样

抹掉朝云晚霞
还有零星在眺望
慵懒的海面
蒙上细碎的月光
静静的细浪
嘲笑我在沙滩的素描

船儿漂荡
夜莺轻唱
没有人语响
风吹柳花
飞往他乡

那里有成双的情长
哪里是深情太短

是思念成伤
又哪里是遗忘太难
是伤未央

望

你是太阳下山后的月光
是月亮下落后的朝阳
就算我身处黑夜
你仍是那满天的星辰
你在万人中央

我不愿捡拾夕阳的碎片
拼凑你的模样
你当是你
穿越有迹可循的银河
与我勇敢流浪

远去　归来
我们不再游荡
各自在彼此的世界找了一个角落
又近　又远
如日月星辰诉说而张望

你

一闭眼是你
一睁眼没有你
一入夜想你
一醒来没有你

窗外的每片叶子
都写着你
星星散了
却把天空写满了你

天上
人间
从此
只有你

当　归

眼里的冰花啊
不知怎的就流成了悲伤的河
你在河的尽头
唱一首悠扬的歌

樯橹挣扎着起舞
迎着风浪寻欢作乐
碎了心花
湿了车辙

回首来时的路啊
不知怎的
就忘记了家的颜色

你在家的门口
点了一灯笼呼唤
声声传来
似天半落银河

捆了青苔

吻了台阶

我背起行囊归心似箭

朝着你的方向

我

是那追风的马啊

是那挽日的戈

爱

春光弹开了春花

春风妖娆了枝丫

我开始愿意等待一场人间烟火

愿意放逐一片凋零的枯叶

愿意看看路人的笑脸

愿意幻想和你的夏天

我想我是海

悲伤和快乐都是一样的波浪

我想我是雄鹰

从生到死都是一样的自由

小 祝

那一指流沙的风华
是我默默苍老的年华

我的人生
一半是对美好的追求
还有一半
是对残酷的接受

天地狭小
日子那么紧凑
日月既往
总是不可复追

唯愿百灯旷照
求一个万里通明

河 鱼

河流温顺

鱼儿在它怀里安睡

河流翻腾

鱼儿在浪花上起舞

河流不肯变蓝

却随鱼儿流向大海

河流也有狂浪

鱼儿却只贪恋温柔

河流累了

鱼儿厌了

河流哭了

鱼儿走了

河流涓涓了好久

鱼儿再也没回头

浪 花

这里的时光寂静而悠长
我把呼唤绑在小溪上
穿过丛林越过山纤
日夜不休快乐无忧
我在石头的指缝间溜走
我全身裹着自由
围着禾苗转个圈圈
借着落叶抽个旋旋
打盹儿的鸟儿被我叫醒
雀跃的蒲公英陪我漂流
呜呼
快来一起跳舞

追

我踏着深深浅浅的脚步
丈量你长长久久的经年
我已有千乘万骑
却追忆与你的孩提
是你身披琉璃彩衣
带我见繁花如许

晚风的吟唱
拨乱纷扰的弦
你拿着我心里的伤
又掀起朝朝暮暮的帘
我堆叠往日的欢情
融化密密层层的寒

欢情爬到夜中央
唱离弦
明月三杯叹泰山作砺
熏风一曲诉沧海扬尘

夏去烟霞兀自闹
夜来风雨门自开

涛惊旅人梦
云高无天梯
我衔来孜孜矻矻的红叶
拥抱你落落穆穆的秋言
此夜此生向敦煌
明月明年望长安

一 束 光

我曾经拾到一束光

这束光挂好夜幕

唤醒灯火

温暖了如霜的明月

这束光染红晚霞

钻进山川

搅浑了秋水长天

这束光拍打指尖

拿起刻刀

刮花了如梦的痴绝

这束光吹着口哨

文心雕龙

敲着大鼓呼唤华尔兹

这束光夹着风雪

不眠不休
一日便将三生繁花落尽

这束光带着迷雾
枯肠求索
湿了双眼又湿了衣衫

还没等日出
我就把它还给了太阳
阳光按照自己的想象
把黑夜补齐

乡 愁

清涟一轮初上月

碾碎红豆卧心尖

浮世万千日复日

此景常新年复年

银河静静流淌

推着星辰与灯火交织缱绻

月亮陷进我的眼窝

深邃又辽远

从前是回老家

如今是解乡愁

月亮从未变过

变的一直是我们

我们世代更迭

我们喜怒哀乐

我们红尘做伴

我们对酒当歌

我们钩心斗角

我们难得糊涂

我们利聚而来

我们利尽而散

我们海枯石烂

我们一拍两散

我们看清了这个世界

又离不开贪嗔痴念

月光轻轻洒落

清淡又宁静

它见惯了

沉甸甸背后那个凉薄的秋天

月光轻轻拂过

把叶子勾勒得清晰可见

叶子说

它就是月光的形状

花儿朵儿笑而不言

但我知道乡愁的形状

是那条弯弯曲曲的路

是晨曦与日暮的袅袅炊烟

是家人团聚的笑脸

是桌上的那顿好饭

是拉着五魁首六六六的八匹马

是把鸡毛做成掸子把蒜皮就着饺子咽

乡愁是杯酒

杯壁上挂满了青春

杯口上盘旋着妥协

杯底藏着嘱托和四季

只是后来

没了青春

只剩妥协

没了嘱托

只剩四季

值此良夜

愿

世间皆安好

人月两团圆

那 一 天

那一天
在人群中看见你
我连同这世间的一切
都停止了呼吸

从此
路过的斜风细雨
温润我们前进的马蹄
走过平沙远水
云已比我们的脚低

笑看半山枫叶
像我们的头发越来越稀
贪看梅花满地
弄湿了我织给你的新衣

新三年
又三年

再三年

有一天
西风吹倒瘦马
流水漫过小桥
飞星点燃山林
大雪封了相思门
一把火烧掉所有执念

那一天
这世间的一切连同我
看见你在人群中

旅 行

　　一日箕风春满路。银竹笑，琼苞羞。恨别斜阳月初吐。星河璨璨，浪引愁心，溪流不吟苦。

　　杨柳散风琢碧玉。轩窗纳晚独衔烛。待晓拂日惊鹧鸪。青山隔云，落红满地，始觉春难住。

思

弦音乱,弦女轻弹弦月断。

弦月断,夜夜松风,寒倚栏杆。

陌上芳春披彩线,池中清露雕碧盘。

雕碧盘,醉红腮,相思千涧。

唤 归

无泪,无泪,空招寒风入袂。
执笔断肠失词,踏破飞雪行迟。
迟行,迟行,筝乱心思难定。

回 忆

秋风过，梧桐无处落。乌篷卿卿倾国，月下坐。

水色暗推云行，比天阔。窗外星渐没，枕难卧。

年

且看漫天花，
万身披银纱；
洛泽攒璎珞，
围炉啜团茶。
窗牖走千峰，
烟浪烹天涯；
桂枝斟美酒，
脆笛掩胡笳。

中 国 梦

白鹭,白鹭,漫步祥云深处。
青山绿水翠田,春华秋实丰年。
年丰,年丰,千里万里同梦。